# Analyse d'œuvre

Rédigée par Aaron Hortui

# L'existentialisme est un humanisme

de Jean-Paul Sartre

Profil Littéraire

# JEAN-PAUL SARTRE

---

- Né en 1905 à Paris.
- Mort en 1980 dans la même ville.
- **Quelques-unes de ses œuvres :**
  - *La Nausée* (roman, 1938)
  - *L'Être et le Néant* (essai, 1943)
  - *Huis clos* (pièce de théâtre, 1944)

---

Jean-Paul Sartre naît le 21 juin 1905 à Paris. Romancier, philosophie, dramaturge et essayiste, il est un touche-à-tout, comme le démontrent ses productions des plus prolifiques. Mais il est également un intellectuel engagé dans les combats politiques et sociaux de son époque, hantée par les horreurs des deux guerres mondiales. C'est ainsi qu'il s'investit notamment dans les luttes du parti communiste pour rejoindre, dans les années soixante-dix, des courants de gauche. Fort de ses convictions, il fonde en 1945 avec d'autres personnalités emblématiques de son époque, parmi lesquelles Jean Paulhan (écrivain, 1884-1968), Michel Leiris (écrivain et ethnologue, 1901-1990), Simone de Beauvoir (femme de lettres, 1908-1986) ou encore Maurice Merleau-Ponty (philosophe, 1908-1961), la revue *Les Temps Modernes* dont il sera le directeur. Le premier numéro affirme d'emblée le double dessein, politique et littéraire, de ses fondateurs. Sartre y déploie sa vision de l'intellectuel engagé et déclare :

> « Notre intention est de concourir à produire certains changements dans la société qui nous entoure [...]. Nous nous rangeons du côté de ceux qui veulent changer à la fois la condition sociale de l'homme et la conception qu'il a de lui-même. » (SARTRE (Jean-Paul), « Présentation des *Temps Modernes* », in *Situations*, II, Paris, Gallimard, 1948, p. 16)

En sus de traités philosophiques, tels que *L'Être et le Néant*, *L'existentialisme est un humanisme* (1946), ou encore *Critique de la raison dialectique* (1960), Sartre s'adonne également à des projets littéraires et dramatiques souvent empreints des thématiques philosophiques qu'il a développées. Certains de ses romans ont connu une grande postérité, comme c'est le cas de *La Nausée*, paru en 1938, qui narre le malaise dû à la prise de conscience du caractère contingent et injustifié de l'existence de son protagoniste, Antoine Roquentin. Son œuvre comporte aussi des pièces de théâtre, encore représentées aujourd'hui, telles que *Les Mouches* (1943), *Huis Clos*, ou *La Putain respectueuse* (1946), à travers lesquelles il ne cesse de manifester son engagement. Il publie également des biographies, dédiées à Mallarmé, Baudelaire, Jean Genet et Flaubert, et demeure connu pour son œuvre autobiographique, *Les Mots* (1964), qui raconte les onze premières années de son existence.

L'image que nous pouvons avoir de Sartre dépend du prisme sous lequel on l'appréhende. Écrivain engagé, philosophe existentialiste, amant, ou encore homme médiatique en proie aux controverses, il a toujours réaffirmé la place fondamentale de la liberté humaine et aura durablement marqué son siècle par sa personnalité et ses idées.

# L'EXISTENTIALISME EST UN HUMANISME

- **Genre :** essai.
- **1ʳᵉ édition :** en 1946.
- **Édition de référence :** *L'existentialisme est un humanisme*, Paris, Gallimard, coll. « Folio essais », 1996.
- **Thématiques principales :** la philosophie, l'existentialisme, la liberté, l'action, l'humanisme, le choix, la morale, la responsabilité.

*L'existentialisme est un humanisme* paraît pour la première fois en 1946 aux Éditions Nagel. Il s'agit d'un ouvrage philosophique qui a pour visée d'expliciter et de vulgariser la conception philosophique sartrienne.

Ce faisant, Sartre cherche à expliquer le terme d'existentialisme, qui a été accolé de manière péjorative par ses détracteurs à sa philosophie. Résumant les thèmes étudiés dans *L'Être et le Néant* dans un ouvrage publié à l'attention d'un public pour la majorité non initié à la terminologie philosophique, il tâche de justifier son idée selon laquelle l'existence est première et ne peut être pensée en vertu de catégories qui lui préexisteraient. Il ne s'agit pas de donner une définition de l'homme, qui, selon lui, n'est pas déterminé, mais d'affirmer la liberté absolue de l'être humain.

« L'homme est condamné à être libre », déclare-t-il (p. 39) : c'est précisément le thème de la liberté humaine originelle qui lui permet de faire coïncider les différentes notions abordées dans ce court traité.

# LA VIE DE JEAN-PAUL SARTRE

Portrait de Jean-Paul Sartre à Paris, 1946.

# LES LIVRES POUR RELIGION

Jean-Paul Sartre naît dans une famille de la bourgeoisie parisienne. Il est élevé par sa mère, veuve depuis 1906 et catholique. Son grand-père maternel, un protestant alsacien nommé Charles Schweitzer, fera office de figure paternelle.

Sartre découvre très tôt la littérature, dans le domicile familial, grâce à la bibliothèque de son grand-père. À ce sujet, il écrit dans *Les Mots* : « J'avais trouvé ma religion : rien ne me parut plus important qu'un livre. La bibliothèque, j'y voyais un temple. » Dans ce même ouvrage, il se décrit comme un enfant différent des autres, qui ne partage pas les jeux des enfants de son âge.

Lorsque sa mère se marie à un ingénieur vis-à-vis duquel il ressent une animosité durable, il s'installe à La Rochelle où il rencontre celui qui deviendra un véritable ami, Paul Nizan (1905-1940), un jeune romancier en herbe. C'est avec ce dernier qu'il prépare le concours de l'École normale supérieure qu'il intègre en 1924.

## RENCONTRES ET FORMATION

En 1926, il rencontre Simone de Beauvoir, sa compagne de toute une vie, surnommée à l'époque Castor en raison de la proximité phonique de son nom de famille avec le terme anglais *beaver*. Leur liaison au caractère légèrement sulfureux constituera une légende. Le pacte qu'ils passent institue leur amour comme nécessaire. Mais, à côté de celui-ci, ni l'un ni l'autre ne s'interdit d'avoir des « amours contingentes » (SARTRE (Jean-Paul), *Lettres au Castor et à quelques autres. 1940-1963*, Paris, Gallimard, 1983, p. 94).

| Jean-Paul Sartre et Simone de Beauvoir durant leur voyage en Israël, 1967.

Après avoir été refusé une première fois à l'agrégation de philosophie, il est finalement reçu premier ex æquo avec sa compagne lors de sa deuxième tentative. Selon lui, son premier échec s'explique par la trop grande originalité de ses propos qui n'auraient pas coïncidé avec les attentes des correcteurs. Son diplôme en poche, il part enseigner au Havre après avoir effectué son service militaire.

À la suite de Raymond Aron (philosophe et sociologue français, 1905-1983), il se rend en 1933 à l'Institut français de Berlin. Il y découvre la phénoménologie d'Husserl (philosophe et logicien allemand, 1859-1938) et la philosophie d'Heidegger (1889-1976) qui ont toutes deux un grand retentissement sur sa pensée. Cependant, ce n'est pas sa philosophie, mais d'abord ses œuvres littéraires qui contribuent à ses premiers succès. C'est avec *La Nausée* qu'il atteint la notoriété. Ses thèmes de prédilection y sont déjà évoqués puisqu'on peut y lire des assertions telles que : « Exister, c'est être là simplement [...] Tout est gratuit, ce jardin, cette ville et moi-même.

Quand il arrive qu'on s'en rende compte, ça vous tourne le cœur et tout se met à flotter. » (Sartre (Jean-Paul), *La Nausée*, Paris, Gallimard, 1972, p. 185)

## L'ÉCRIVAIN ENGAGÉ

Ce n'est qu'à partir de sa mobilisation lors de la Seconde Guerre mondiale (1939-1945), dans une station météorologique, qu'il acquiert une véritable conscience politique. Fait prisonnier dans les Vosges, il est détenu en Allemagne avant d'être libéré en 1941. Cette expérience le marque profondément et paraît décisive du point de vue de son engagement politique.

Il enseigne un temps en khâgne au lycée Condorcet à Paris, où il remplace un professeur juif. Vladimir Jankélévitch (1903-1985), un philosophe français, lui reprochera de ne pas s'être ouvertement opposé, à cette époque, aux lois antisémites promulguées par le régime de Vichy. Il quitte assez rapidement l'enseignement et s'engage dans le mouvement de résistance Front national. En 1943 paraît *L'Être et le Néant*, son ouvrage philosophique majeur.

Avant la libération, Albert Camus (1913-1960) fait appel à Sartre pour qu'il intègre la résistance par le biais du journal *Combat*. Leur relation, d'abord amicale, se teintera par la suite d'amertume. Pour des motifs principalement politiques et suite à leur divergence d'opinions sur la posture à adopter vis-à-vis du régime soviétique, les deux hommes se sépareront. La rupture est entérinée par les critiques que Sartre fait à Camus relativement aux idées que celui-ci développe dans *L'Homme révolté* qui paraît en 1951. Camus lui répondra par une lettre adressée au « Directeur des *Temps Modernes* » dans laquelle il lui reproche, ainsi qu'à son entourage, de n'avoir « jamais mis que leur fauteuil dans le sens de l'Histoire » (Camus (Albert), « Lettre au directeur des *Temps Modernes* », in *Temps Modernes*, août 1952).

Sartre marque véritablement le xx<sup>e</sup> siècle par sa posture d'intellectuel engagé. Si, en 1945, ses relations avec les communistes se tendent, sa filiation politique demeure de gauche. La fondation, en 1945 des *Temps Modernes* contribue à l'instituer en personnage médiatique. Dans la France d'après-guerre, où règne la confusion, il s'impose comme le chef de file d'un mouvement que nous connaîtrons plus tard sous le nom d'existentialisme, mais aussi comme chef spirituel dans une époque en quête de repères. Son action politique est plurielle. Il participe notamment au Congrès mondial de la paix, se révolte contre les guerres d'Indochine (1940-1954) et d'Algérie (1954-1962). Dès 1954, il est reçu à plusieurs reprises par l'URSS. Il dépeint la société qu'il y fréquente en des termes élogieux. Ce n'est qu'en 1956, après que le régime soviétique a violemment écrasé l'insurrection de Budapest, qu'il rompt avec le parti communiste. Sartre poursuit alors son engagement, mais avec plus de circonspection désormais quant aux différents partis politiques proches des idées qui sont les siennes.

Il reçoit en 1964 le prix Nobel de littérature qu'il refuse au même titre qu'il avait précédemment décliné la Légion d'honneur. Il s'en explique en déclarant que « l'écrivain doit refuser de se laisser transformer en institution » pour maintenir l'indépendance de sa plume et de son esprit (SARTRE (Jean-Paul), « L'écrivain doit refuser de se laisser transformer en institution », in *Le Monde*, 24 octobre 1964). Dans le cadre de la guerre froide (1945-1990), le refus d'un tel honneur signifie également une prise de parti politique qu'il ne tient pas à avoir.

Lorsque la France est agitée par un mouvement de révolte en 1968, il soutient la cause des étudiants et les revendications qu'ils affichent. Dans les années soixante-dix, il est encore actif dans des journaux de gauche et contribue à la fondation du quotidien *Libération* en 1973. Puis, fatigué et affaibli, Sartre finit par se détourner de la scène publique, renonce progressivement au combat et à l'écriture. Il meurt en 1980.

Le jour de son enterrement, 50 000 personnes suivent son cor-
tège pour lui rendre un dernier hommage. Enterré au cimetière
Montparnasse, dans le 14ᵉ arrondissement de Paris, il sera rejoint
par Simone de Beauvoir en 1986. Sur sa tombe, on ne trouve qu'une
plaque fort modeste sur laquelle est inscrit « Jean-Paul Sartre,
1905-1980 ». - 13 -

# RÉSUMÉ DE *L'EXISTENTIALISME EST UN HUMANISME*

## UNE PHILOSOPHIE HUMANISTE

*L'existentialisme est un humanisme* est l'un des livres les plus consultés de Jean-Paul Sartre, notamment en raison de sa facilité d'accès puisque l'auteur y résume les points essentiels de sa philosophie.

Prononcé d'abord sous forme de conférence à la Sorbonne le 29 octobre 1945, ce texte entend lever les malentendus dont la philosophie sartrienne a fait l'objet. C'est d'abord en réponse aux marxistes d'une part, et aux catholiques d'autre part, que ce texte est rédigé. Sartre tente ainsi de démontrer que ce qu'il est convenu d'appeler existentialisme ne mène ni à la passivité, ni au désespoir, mais bel et bien à l'action.

La thèse développée consiste à affirmer que la philosophie existentialiste est une philosophie humaniste. Originairement, l'humanisme est un courant culturel qui s'est développé à la Renaissance et qui tend à replacer l'homme au centre de l'existence. Fort de ses capacités intellectuelles, celui-ci dispose d'une liberté de choix et d'action. La dignité de chaque homme est donc réaffirmée. Sartre réutilise ce terme pour signifier que, dans sa philosophie, l'être humain tient la place prépondérante, voire la seule place : la liberté humaine est première, et rien ne peut contrevenir à celle-ci. L'assertion à la postérité fameuse, « l'existence précède l'essence » (p. 26), résume, en des termes philosophiques, une telle idée. Il s'agit pour lui de démontrer que, l'homme n'étant nullement déterminé, le libre arbitre existe. Ceci implique que chaque individu est responsable de ses actions.

# UNE RÉPONSE AUX CRITIQUES MARXISTES ET CATHOLIQUES

Les marxistes reprochent à la philosophie sartrienne de mener à l'inaction et au pessimisme puisqu'elle part de la théorie du sujet face à lui-même, et non d'une pensée de l'organisation collective. C'est ainsi qu'ils la taxent de nihiliste, de contemplative, voire de bourgeoise.

Les catholiques, quant à eux, l'attaquent relativement à des questions morales. Jugeant qu'en l'absence de Dieu, ou de principe transcendant, c'est-à-dire qui dépasse l'homme, il est impossible d'établir des valeurs susceptibles de guider l'être humain vers le bien. Ils condamnent donc l'amoralité de l'existentialisme.

Sartre répondra que, bien au contraire, sa théorie pousse à l'action et à la responsabilisation de chaque individu vis-à-vis de lui-même, mais aussi des autres. L'homme est maître de son destin et, par conséquent, chacune de ses actions est signifiante et créatrice de valeurs. Lui reprocher son pessimisme serait de mauvaise foi : les marxistes comme les catholiques refusent d'accepter la réalité de la condition humaine. La liberté absolue de l'individu les effraie alors qu'elle est à la base de la dignité humaine.

Contre l'idée d'un sens de l'Histoire, héritée de la pensée d'Hegel (philosophe allemand, 1770-1831) et reprise par les marxistes, qui veut que les événements soient le fruit d'une forme de rationalité tendant vers un but défini (la réalisation de l'esprit absolu pour Hegel, la suppression de la division entre les classes pour Marx), Sartre affirme la contingence, c'est-à-dire l'absence de nécessité, la gratuité la plus totale, de l'existence humaine. En conséquence, il n'y a pas de sens de l'Histoire : celle-ci ne peut être pensée que rétrospectivement et n'est que la résultante des actions libres des individus qui la constituent.

Un point commun de ces critiques est leur condamnation de la dimension individualiste d'une telle philosophie qui manquerait « à la solidarité humaine » (p. 22). Or, l'auteur considère que choisir pour soi-même, c'est impliquer l'autre : d'une part, dans le regard qu'il porte sur nos actions, d'autre part parce que sont ainsi créées des valeurs que l'on juge devoir être universalisées. Avant tout, l'une des priorités de Sartre est de resituer le débat sur un plan philosophique, et non pas moral et politique.

## DÉROULEMENT DE L'OUVRAGE

Après avoir expliqué les raisons qui l'ont poussé à écrire ce texte, Sartre tâche de définir clairement ce qu'il entend par existentialisme et opère une distinction entre existentialisme chrétien et existentialisme athée. C'est le second qu'il défend, et c'est pourquoi il cherche à démontrer que celui-ci, s'il accorde une place primordiale à la subjectivité, n'empêche ni l'action ni la responsabilité de l'homme vis-à-vis de son existence.

Les concepts clefs sur lesquels est érigée sa philosophie sont ensuite dûment explicités et justifiés puisqu'ils ont parfois fait l'objet de critiques auxquelles l'auteur réplique. Il s'agit de l'angoisse, du délaissement et du désespoir dont la connotation paraît, de prime abord, effectivement empreinte de noirceur. Il réaffirmera donc qu'en dépit de leur présence au sein de toute expérience humaine, l'existentialisme qu'il soutient appelle l'optimisme et l'action, et non le repli sur soi.

Répondant à la critique d'individualisme, il expose par la suite ce qu'il entend par la notion de subjectivité, en repartant du cogito cartésien, le fameux « Je pense, donc je suis ». Il définit le concept de condition humaine qu'il oppose à la conception d'une nature humaine et affirme qu'en dépit de la liberté absolue qu'il accorde à l'homme, il n'en découle pas que les actions des individus soient gratuites et vaines, ni qu'on puisse déduire d'une telle théorie, qui exclut Dieu et tout principe transcendant, un relativisme moral. Un acte libre est, selon lui, porteur d'un ensemble de valeurs, qui discriminent celles qui lui sont opposées : c'est à l'homme de créer ses valeurs, et se dédouaner de cette responsabilité en faisant appel à un principe supérieur serait de mauvaise foi. Enfin, il affirme que la philosophie existentialiste est véritablement un humanisme, tout en précisant le sens qu'il donne à ce dernier vocable.

# L'ŒUVRE EN CONTEXTE

## UNE CONFÉRENCE POUR RÉPONDRE AUX CRITIQUES

C'est à la demande du club Maintenant, créé après la Libération, qui promeut l'animation littéraire et intellectuelle, que Sartre accepte de prononcer une conférence le 29 octobre 1945. Celle-ci a pour fonction principale de répondre aux critiques acerbes qui ont été faites à l'encontre de l'existentialisme, mais également de sa personne. En dépit de la suspicion qu'il ressent à l'endroit de tous les termes en « isme », il reprend tout de même le vocable « existentialisme » à son compte. Il s'agit donc pour Sartre de rendre accessibles au plus grand nombre les concepts philosophiques extrêmement techniques qu'il a employés dans *L'Être et le Néant*.

Dans ce premier ouvrage philosophique, il cherchait à décrire les structures de l'existence, qui, selon lui, n'est pas tributaire d'un sens ou d'une essence qui lui préexisterait. Vulgariser sa philosophie, quitte à parfois la caricaturer, est une manière de lever les malentendus d'une part, mais également de se rapprocher des communistes, avec lesquels, au lendemain de la guerre, il se sent des affinités. Le problème principal auquel il doit faire face, consiste à répondre à des objections principalement politiques et morales, alors qu'il n'a jamais prétendu fonder qu'une théorie philosophique.

Alors qu'il s'apprête à prononcer sa conférence, il vient de créer sa revue, *Les Temps Modernes*, qui entend trouver une signification aux événements et à l'époque de confusion dans laquelle est alors plongée la France. La quête de sens est partagée par la population au sortir de la Seconde Guerre mondiale. Sartre, à l'instar de tous les Français, constate la nécessité d'une action collective pour reconstruire le pays. Aussi considère-t-il qu'il n'est plus possible à l'écrivain, ni au philosophe, de rester enfermé dans sa tour d'ivoire pour y penser et y écrire. Le romantisme n'est plus de vogue, et l'engagement ne peut être évité. L'écrivain doit s'impliquer dans les luttes de son temps, non seulement à travers ses œuvres, mais également en s'érigeant en figure publique. Si l'adhésion entière à un parti politique le rebute toujours, Sartre n'en demeure pas moins attiré par les courants sociaux et progressistes, au premier rang desquels se trouve le parti communiste.

En dépit de ses velléités d'action, il se trouve pourtant en proie aux quolibets des deux principaux camps idéologiques de l'époque que sont les catholiques et les marxistes qui lui reprochent de porter atteinte à la notion d'homme et, partant, à la dignité humaine. Son athéisme est conçu comme une preuve d'amoralité par les catholiques, et les marxistes ne voient dans sa philosophie que le reliquat d'une pensée d'intellectuel bourgeois incapable de mener au changement social auquel ils aspirent. *La Croix*, un journal catholique, parlera d'ailleurs de l'existentialisme comme d'« un danger plus grave que le rationalisme du XVIII<sup>e</sup> siècle et le positivisme du XX<sup>e</sup> siècle » (cité par BILEMDJIAN (Sophie), *Premières leçons sur* L'existentialisme est un humanisme *de Jean-Paul Sartre*, Paris, Presses universitaires de France, 2000, p. 12).

Frustré par ce qu'il considère comme une injustice, Sartre qui se sent solidaire des combats politiques de son époque cherche un droit de réponse. Si les attaques sont véhémentes, c'est aussi parce que Sartre a trouvé un public en la jeunesse. Ses opposants lui reprochent de la dévoyer, en la détournant soit de Dieu, soit de la lutte collective pour le progrès social.

# UNE POPULARITÉ NOUVELLE

Il faut s'imaginer la publicité immense qui est faite alors autour de Sartre. D'écrivain qui se veut solitaire, il devient à l'occasion de cette conférence une figure publique. L'existentialisme devient une mode, notamment auprès des jeunes Parisiens qui se regroupent autour de Saint-Germain-des-Prés, le quartier général des intellectuels proches de la pensée sartrienne.

Après-guerre, l'existentialisme apparaît comme la possibilité d'un nouveau souffle spirituel dans une France qui cherche à se reconstruire. La conférence est en conséquence un événement important du paysage intellectuel : la salle est comble. Dans *L'Écume des jours*, Boris Vian (écrivain français, 1920-1959) décrit une ambiance presque apocalyptique : « Dès le début de la rue, la foule se bousculait pour accéder à la salle où Jean-Sol Partre donnait sa conférence. » (*L'Écume des jours*, Paris, Pauvert, 1963, p. 102). Il écrit encore, non sans humour :

> « Nombreux étaient les cas d'évanouissement dus à l'exaltation intra-utérine qui s'emparait particulièrement du public féminin, et, de leur place, Alise, Isis et Chick entendaient distinctement le halètement des vingt-quatre spectateurs qui s'étaient faufilés sous l'estrade et se déshabillaient à tâtons pour tenir moins de place. » (*Ibid.*, p. 105)

Aussi, si la majeure partie de l'opinion publique se prononce en défaveur de l'existentialisme, la conférence est un succès en termes d'audience.

# ANALYSE DES THÉMATIQUES

## UNE DÉFINITION DE L'EXISTENTIALISME

Une fois que Sartre a brièvement répondu aux critiques marxistes et chrétiennes, et annoncé qu'il avait pour vocation principale de replacer la question de l'existentialisme sur le terrain de la philosophie, il tâche de le définir avec précision. Pour ce faire, il opère une première distinction entre deux formes d'existentialisme.

L'existentialisme chrétien, soutenu par des personnalités telles que Karl Jaspers (philosophe et psychiatre allemand, 1883-1969) et Gabriel Marcel (philosophe et écrivain français, 1889-1973), s'inspire très largement de la philosophie de Kierkegaard (1813-1855) ou, plus anciennement, de Pascal (1623-1662). Ce courant insiste sur les notions de responsabilité individuelle et de choix, mais en maintenant un lien fondamental entre l'homme et Dieu. La foi elle-même est alors pensée sous le régime du choix personnel et n'est non pas dictée de l'extérieur.

Son pendant est l'existentialisme athée, école qui emporte l'adhésion de Sartre et à laquelle il affilie Heidegger. Précisons tout de même la portée que Sartre donne à l'adjectif « athée ». En effet, loin de lui l'idée de démontrer que Dieu n'existe pas : cela s'éloignerait de son propos. S'il parle d'athéisme, c'est parce qu'il s'agit pour lui d'un postulat de départ dans l'exposition de sa thèse. Selon lui, l'absence de Dieu est une évidence qu'il n'est pas nécessaire de démontrer, et c'est d'une telle absence qu'il part pour comprendre l'influence qu'elle a sur la condition humaine qui va devoir trouver d'autres repères pour se guider.

Ce qui rapproche néanmoins ces deux types d'existentialisme, c'est que tous deux accréditent l'idée selon laquelle « l'existence précède l'essence » (p. 26).

# « L'EXISTENCE PRÉCÈDE L'ESSENCE »

Une telle assertion, qui tient lieu de fondement à la philosophie sartrienne, renverse l'héritage de Platon (philosophe grec, 427-348/347 av. J.-C.) et une grande partie de l'histoire de la pensée. Depuis l'Antiquité, et durant des siècles, l'essence a en effet été le point de départ de toute théorie. Elle est conçue comme ce qui précède logiquement l'existence. L'existence n'est alors, pour les hommes, qu'une manière d'actualiser une essence qui lui est antérieure, et cette existence est vue comme une réalisation contingente. On comprend bien qu'une telle notion est primordiale en philosophie. L'essence, ou *ousia* en grec, correspond à ce qu'est un être ou une chose, ce qui fait qu'elle est ce qu'elle est. Elle s'oppose à l'accident, qui est un attribut de l'être ni nécessaire ni invariable. L'accident est une propriété qui peut être modifiée sans porter atteinte à l'être. Une table reste une table, qu'elle soit bleue ou verte. En plus de s'opposer à l'accident, l'essence se distingue de l'existence, qui consiste en l'acte d'exister, c'est-à-dire le fait que quelque chose soit. Par exemple, l'essence d'une table sera comprise comme un meuble d'une certaine hauteur, pourvue de pieds. Cependant qu'en fait une table existe ou non ne modifie pas l'essence de la table.

Cette conception essentialiste des choses a informé toute la philosophie. L'homme lui-même se voit défini en fonction de cette catégorie. Sartre compare la nature humaine conçue comme le produit d'un concept qui lui préexiste, à la fabrication d'un objet par un artisan, et démontre qu'une telle conception est solidaire d'une vision théologique du monde, où Dieu fait office de démiurge. Dire que l'essence vient avant l'existence, c'est concevoir l'homme comme l'objet d'une production réfléchie. Pour créer un objet, il faut en effet que l'artisan se réfère avant tout à l'idée qu'il a de cet objet. Mettant en œuvre une technique, il est ensuite susceptible de le réaliser. Autrement dit, il se réfère à l'essence de l'objet qu'il va produire. Une telle appréhension des choses s'est transmise à la conception que l'on se fait de l'homme. C'est alors Dieu qui est l'artisan de l'homme conçu comme produit de l'esprit divin : « Le concept d'homme, dans l'esprit de Dieu est assimilable au concept de coupe-papier dans l'esprit de l'industriel. » (p. 28)

Et Sartre d'expliquer que la philosophie essentialiste s'étend jusqu'aux Lumières, en passant par Descartes : l'essence de l'homme est *a priori* et son existence n'est qu'une actualisation de cette essence. Que ce soit la Nature ou Dieu qui soit la cause de cette essence contribue dans tous les cas à avoir une vision de l'homme comme pourvu de déterminations forgeant son concept. Il en va pour Sartre d'une conception abstraite qui n'indique rien sur l'homme, qu'on suppose toujours identique à lui-même, en dépit des conditions historiques de son existence, par exemple. L'homme serait le même au Ve siècle avant Jésus-Christ et au XXe siècle, puisqu'il est pourvu de « qualités de base » (p. 29) qui le définissent.

Or, Sartre n'adhère pas à cette conception, raison pour laquelle il renverse les termes et affirme que :

> « Si Dieu n'existe pas, il y a au moins un être chez qui l'existence pré-
> cède l'essence, un être qui existe avant de pouvoir être défini par aucun
> concept, et que cet être, c'est l'homme ou, comme dit Heidegger, la réa-
> lité humaine [traduction du concept de *dasein* qui signifie littéralement
> « être présent »]. » (p. 29)

L'homme, bien loin d'être caractérisé par des qualités à son arri-vée dans le monde, y est de manière totalement contingente et ce n'est qu'après coup, en existant, qu'il se détermine et, partant, qu'une essence peut être établie. Il n'y a pas de nature humaine. L'homme est totalement indéterminé et son essence correspond à ce qu'il fera de lui-même lors de son existence : l'essence est donc déterminée *a posteriori*. Ce sont ses actions qui vont le définir, non une nature préalable. Chaque acte contribue donc à définir un homme : « L'homme n'est rien d'autre que ce qu'il se fait. » (p. 30) L'indétermination absolue, originaire, et fondamentale de l'homme explique sa liberté. Le principe essentiel de l'existentialisme est par conséquent que l'homme n'est rien avant d'exister. Pour éviter de tomber à nouveau dans une conception essentialiste de l'homme, il convient de préciser que, selon Sartre, la liberté elle-même n'est pas une propriété de l'être humain, mais une condition de son existence. En l'absence de détermination, l'homme ne peut qu'être infiniment libre.

## LE PROJET

L'homme étant libre et indéterminé est conçu comme « projet ». Étymologiquement, un tel terme signifie « ce qui est jeté vers l'avant », du latin *projectus*. Ici, cela signifie que l'homme est avant tout tourné vers l'avenir et que son existence même signifie de se dépasser par l'action, en sortant de lui-même. Puisqu'il n'y a pas de donné, l'homme doit le construire en se tournant vers les possibles que réserve l'avenir.

Le projet n'est pas vu ici comme le fait de prévoir ses activités du lendemain, mais prend un sens plus large. Il s'agit, pour l'individu, de s'ouvrir à la multiplicité des possibles que le futur recèle. L'existence de l'homme est un projet, et il ne peut en être autrement, puisque le terme même d'existence, dérivé du verbe latin *existere*, signifie « être hors de soi ». Le projet est le régime sous lequel l'homme existe dans la mesure où il est à chaque instant face à un choix : le choix de ce qu'il va devenir et dont ses actions sont les préalables. Le projet est le choix premier, originaire, le fait de se lancer dans le monde, d'aller hors de soi. Il se distingue toutefois de la volonté. Il est en effet possible de faire des projets en étant en proie à la passion. Dans ce cas, le projet ne fait pas l'objet d'une délibération mais est, bien au contraire, pulsionnel. Néanmoins, dans la mesure où c'est la liberté fondamentale de l'homme qui prime, cela implique qu'il est « ce qu'il aura projeté d'être » (p. 30) ; il est absolument responsable de ses actions, qu'elles soient le fruit de la passion ou le résultat d'une volonté réfléchie.

L'homme est ce qu'il se fait, et ne peut se dédouaner de sa responsabilité : il a choisi ses actes. Voilà ce qu'induit l'adage existentialiste selon lequel l'existence précède l'essence : une responsabilité absolue relativement à ses décisions. Cela n'implique pas un individualisme, puisque Sartre précise qu'en choisissant pour lui-même, l'homme choisit, dans une certaine mesure, pour l'humanité tout entière. On a en effet taxé sa philosophie de subjectiviste. L'auteur ne s'y oppose pas puisqu'il considère en effet que la subjectivité consiste, pour l'homme, à être conscient de lui-même. Mais cela n'exclut pas le reste du monde. Si l'individu choisit avant tout pour lui, et est responsable de ce choix, il crée dans le même temps, « une image de l'homme » (p. 32). Son choix implique l'humanité dans la mesure où il indique ce que le sujet conçoit comme étant le choix juste. Le choix instaure des valeurs que l'homme considère comme supérieures à d'autres. Sartre donne quelques exemples : se marier, avoir des enfants, s'engager politiquement, sont autant de façons de proposer une image de l'homme tel que nous voudrions qu'il soit. Se marier signifie considérer comme souhaitable la monogamie. Adhérer à un parti politique signifie que, pour le sujet en question, il est préférable à un autre. Aussi un choix, en discriminant certaines valeurs, véhicule l'image que l'individu se fait de ce que devrait être l'humanité en général. Il y a, en conséquence, une universalité du choix individuel, qui, loin de rendre le choix plus aisé, le complique.

# L'ANGOISSE SARTRIENNE

De la liberté infinie, de laquelle résulte la responsabilité infinie, le tout couplé à l'absence de nécessité de l'existence, découle l'angoisse, comme sentiment premier. « L'homme est angoisse », déclare Sartre (p. 33). Ce terme n'est pas ici entendu dans un sens psychanalytique, ni considéré à l'aune d'une quelconque pathologie de l'esprit, mais fait signe vers l'état dans lequel se retrouve tout homme qui a une vision pénétrante de l'existence, de l'horreur que peut charrier son caractère contingent. Loin d'être une maladie, il s'agit d'une plus grande lucidité. Si Sartre utilise un tel vocabulaire, il le doit à Kierkegaard, qui écrit en 1844 *Le Concept de l'angoisse*. Dans cet ouvrage, l'angoisse, qui s'impose comme l'expérience fondamentale de tout sujet véritablement libre, est le fil conducteur. L'angoisse n'est ni la crainte, ni la peur, qui, toutes deux, ont un objet déterminé : on a peur des serpents, des araignées, etc. L'angoisse est, au contraire, ce sentiment d'effroi qui n'a pas d'objet, et c'est ce qui la rend d'autant plus douloureuse. Elle s'explique par la conscience que le sujet a du fardeau que constitue chaque choix. Choisir, c'est mettre fin à l'infini des possibles et devenir responsable de ce choix. L'angoisse consiste à ne pas pouvoir se dédouaner de la lourde responsabilité d'être libre. Sartre ne croit en effet pas aux excuses. Il les taxe de « mauvaise foi » (p. 34). Dire qu'on n'a pas fait exprès, c'est fuir devant la responsabilité qui incombe à chaque individu de choisir pour lui-même.

On comprend bien ce que peut avoir d'effrayant une telle responsabilité, à laquelle il est impossible d'échapper. Sachant que rien n'est susceptible de justifier que j'ai raison de choisir ceci plutôt que cela, puisqu'aucun système de valeurs ne garantit la validité de mon choix, je suis infiniment seul face à mes propres décisions. Je ne peux en référer à un principe transcendant ou à Dieu pour me conduire. Aussi, l'individu doit assumer le lourd fardeau qui consiste, par le biais de ses actions, à imposer des valeurs pour l'humanité entière, sans avoir en sa possession de définitions du Bien et du Mal que celles qu'il se donne en agissant. Pour illustrer son propos, Sartre prend l'exemple d'un chef militaire devant décider d'une attaque. Celui-ci répond à des ordres, mais, dans le cas particulier de l'attaque, il est seul à décider du nombre d'individus qu'il enverra à la mort. On pourrait reprocher à cet exemple d'être trop prosaïque en regard du caractère existentiel de l'angoisse qu'il décrit. Néanmoins, il a le mérite de clarifier le fardeau qui naît de la liberté de l'homme qui doit prendre une décision sans pouvoir être convaincu qu'elle est bonne, et surtout, sans en connaître les résultats. Or, il ne peut pas ne pas agir. Si Sartre choisit de dresser un portrait du chef militaire, c'est en partie pour empêcher toute interprétation du concept d'angoisse comme cause d'inaction. Il cherche à démontrer que ce sentiment n'est pas un motif d'inertie, mais, qu'à l'inverse, il se révèle principalement quand l'homme engage sa responsabilité en choisissant, sachant que la nécessité se présente toujours sous une forme ou une autre. L'angoisse est intrinsèquement liée à l'action. Il ne faut pas non plus oublier que le repli sur soi est également considéré comme un acte : on choisit de ne pas choisir et chaque opération humaine, qu'elle soit conçue négativement ou non, implique une angoisse.

## MORALE ET DÉLAISSEMENT

L'homme est libre, et la liberté est un fardeau, dans la mesure où l'homme est seul face à ses décisions. Le terme de délaissement qu'emploie Sartre est encore tiré de la philosophie heideggerienne et traduit le concept de *Geworfenheit*. Ce dernier correspond au fait d'être jeté dans le monde, sans motif, sans justification, sans qu'il soit possible de trouver une cause à l'existence.

Dans l'existentialisme athée que Sartre défend, Dieu n'existe pas. Aussi, la vie humaine n'a ni sens ni valeurs établies, susceptibles de conduire l'homme dans ses choix. La critique que Sartre fait à la morale laïque, qui, selon lui, réintroduit une morale antérieure à l'activité humaine qui la définit, tombe sous le même reproche de mauvaise foi que les propos de l'homme qui invente une excuse pour se débarrasser de sa responsabilité. Une telle morale, même si elle exclut Dieu de ses fondements, part encore du principe qu'il y aurait une nature de l'être impliquant des obligations pour l'individu. Créer une valeur antérieure au sujet, c'est refuser de reconnaître, par mauvaise foi et pour éviter l'angoisse du choix, que chaque valeur est une décision de l'individu. Or le problème que soulève Sartre tient précisément à l'absence de Dieu, et au rapport que cette absence entretient avec la fondation d'une morale, mais il cherche à en tirer toutes les conséquences. Il reprend à ce titre l'assertion d'Ivan dans *Les Frères Karamazov* (1880) de Dostoïevski (romancier russe, 1821-1881) : « Si Dieu n'existe pas, tout est permis. » (DOSTOÏEVSKI (Fedor Mikhaïlovitch), *Les Frères Karamazov*, Paris, Gallimard, 1994, p. 563) La foi en Dieu permet d'organiser un système de valeurs, auquel l'individu peut se référer. Or, s'il n'existe pas, si aucun principe ne peut être suivi, rien n'empêche de tuer, de voler, et rien ne permet de distinguer le bien du mal.

Le délaissement consiste donc en cet état du sujet, qui, sans repères, doit néanmoins choisir ce qu'il entend par « bien » et « mal ». Sans transcendance, il ne peut compter que sur lui-même pour fonder un ordre moral. Aucune justification ne peut être trouvée pour expliquer une action en dehors de l'homme lui-même. La tragédie de la solitude humaine consiste à ce que l'homme ne puisse chercher d'excuses dans des lois inscrites en dehors de lui. Ceci explique l'assertion selon laquelle « l'homme est condamné à être libre » (p. 39). Condamné parce que responsable, l'homme ne peut se réfugier derrière aucune justification qui lui serait extérieure. La passion, souvent alléguée pour justifier un acte, n'est pas un argument recevable pour Sartre. L'individu choisit de se laisser aller à la passion alors qu'il est possible de lutter contre elle.

« Sans aucun appui et sans aucun secours, l'homme doit inventer l'homme » (p. 40), écrit Sartre pour ensuite citer un exemple frappant de la nécessité pour chaque individu de se déterminer seul. Un de ses élèves lui demande conseil : il doit choisir entre s'engager dans les Forces françaises libres pour défendre sa patrie depuis l'Angleterre, ou rester auprès de sa mère qui souffrirait de son absence. Le dilemme consiste en ceci que l'obligation collective entre en conflit avec l'obligation individuelle. Le devoir envers la patrie et le devoir envers la famille sont ici en contradiction. Qui plus est, s'il est assuré, en restant auprès de sa mère, d'obtenir les résultats escomptés (sa mère ne souffrira pas de son absence), il l'est moins d'avoir un impact réel d'un point de vue collectif, en s'engageant à l'étranger (ses actes n'auront peut-être aucun impact sur la mission qui lui sera dévolue). On pourrait en effet penser qu'une action intéressant la nation est supérieure à une action ayant des fins purement individuelles. Mais le degré d'efficacité de la première étant moins assuré que celui de la seconde, l'une ou l'autre des alternatives est entachée de doute. Les morales, mêmes, ne sont d'aucune utilité, puisque générales. La doctrine chrétienne dit en effet, assez caricaturalement, qu'il faut être « charitable » et « aimer son prochain » (p. 42-43). Or, qu'il s'agisse de sa mère ou des individus qui combattront potentiellement à ses côtés, ce sont ses prochains.

Sartre s'en prend ensuite aux impératifs catégoriques de Kant (philosophe allemand, 1724-1804) qui ne paraissent d'aucune utilité en matière d'application concrète de la règle universelle. L'un d'entre eux, exposé dans *Fondements de la métaphysique des mœurs* (1785) est construit comme suit : « Agis de telle sorte que tu uses de l'humanité, en ta personne et dans celle d'autrui, toujours comme fin et jamais seulement comme moyen. » (KANT (Emmanuel), *Fondement de la métaphysique des mœurs*, Paris, Le Livre de Poche, 1993, p. 154) Or, aussi juste que paraisse sur le plan moral une telle règle, dans l'exemple repris par Sartre, l'étudiant sera contraint de considérer soit sa mère, soit ses hypothétiques frères d'armes, comme un moyen. En conséquence, le problème des morales est qu'elles ne prennent jamais en compte les circonstances particulières de l'action. Leur application concrète à une situation est bien souvent impossible et l'on est contraint de créer une morale pour une action particulière, sans connaître les conséquences qui en résulteront.

Le sentiment pourrait faire office de critère pour délibérer. Mais la valeur même d'un sentiment se détermine, selon Sartre, *a posteriori*. Le sentiment n'existe qu'une fois que, par une action, l'individu a prouvé que celui-ci était susceptible de le guider. La valeur du sentiment n'est définie que par « l'acte qui l'entérine » (p. 44). L'homme ne peut donc pas compter sur ses affections pour se débarrasser de ses obligations, car elles sont précisément établies par le biais de nos actes. Nous sommes condamnés à faire des choix sans savoir s'ils sont adéquats à la situation. Le fait que cet étudiant ait demandé conseil à son professeur ne peut pas non plus l'aider à s'engager dans une voie ou l'autre : choisir le conseiller auquel on s'adresse est déjà une manière de choisir la voie. Nous savons bien, en nous adressant à telle personne, ce qu'elle sera encline à nous répondre. Nous avons donc déjà choisi. Le fait d'aller voir un prêtre ou un professeur n'est pas anodin. « Aucune morale générale ne peut vous indiquer ce qu'il y a à faire » (p. 46), et pourtant, il faut faire un choix.

## LE DÉSESPOIR NE MÈNE PAS À L'INACTION

C'est par la suite qu'apparaît le concept de désespoir. Il est là pour éclairer l'état dans lequel se trouve l'homme qui a abandonné ses illusions sur la possibilité d'établissement *a priori* d'une morale, sur l'existence d'un sens préexistant à la vie humaine. Loin de mener à l'inaction, et loin de correspondre à la conception sombre de la vie que se ferait Sartre, comme lui ont reproché ses adversaires, le désespoir n'est que la résultante de la lucidité de l'individu qui ne croit pas aux lendemains qui chantent. Il n'y a pas de sens de l'Histoire, ni de providence, qui assurerait à la fin des temps le bonheur de l'humanité. La vision téléologique de l'Histoire, c'est-à-dire la vision qui lui confère une signification *a priori*, est une erreur qui est tributaire d'une appréhension théologique du monde. La signification de l'Histoire se construit *a posteriori* en fonction des actions des individus.

Aussi, le désespoir n'est que la vive conscience que le résultat de notre action est imprévisible. Nous pouvons nous engager, agir, vouloir changer le monde, mais nous ne pouvons pas nous libérer de l'incertitude qui entache les résultats possibles de nos actions. L'Histoire ne suit pas de lois nécessaires, comme le croient les marxistes qui adhèrent à l'idée de la destruction inévitable du capitalisme et à la fin des sociétés de classes. L'Histoire, aux mêmes titres que les actions individuelles, est contingente. Ce qui s'applique à l'individu, c'est-à-dire son absence de détermination et de nécessité, s'applique également à l'échelle collective. Si je choisis de m'engager dans une lutte particulière, je ne peux être assuré que mes idéaux primeront ni savoir si les hommes qui me survivront continueront à les faire vivre. La signification de l'Histoire collective, à l'instar de l'essence de l'individu, ne sera conçue qu'après coup.

Le désespoir de l'homme consiste donc en ceci qu'en dépit de la meilleure volonté du monde, il sait, lorsqu'il a déposé ses illusions, qu'il n'a pas de prise sur le résultat de ses faits et gestes. L'effet de ses actions ne peut être anticipé et sa volonté propre ne fera jamais office de loi. L'avenir est une infinité de possibles. Les seuls éléments sur lesquels nous pouvons nous reposer sont, d'une part notre volonté, d'autre part les probabilités. Il est évident qu'il est plus probable que le soleil se lève demain qu'il ne se lève pas. Cependant, ce dernier cas de figure est toujours possible. La seule chose sur laquelle l'être humain peut absolument compter est sa volonté, et non pas la possibilité que tel ou tel événement aura bien lieu. Voilà pourquoi Sartre écrit : « Agir sans espoir. » (p. 48) Cela n'implique encore une fois pas l'inaction, mais simplement la conscience que les résultats de nos actions sont imprévisibles. Croire que les hommes du futur poursuivront notre action, compter sur une nature humaine qui devrait aller en un tel sens, c'est refuser aux êtres humains la liberté qui est pourtant le postulat de départ de l'existentialisme. Il est possible d'avoir confiance en un homme qui existe, aujourd'hui, et avec lequel je suis engagé pour faire vaincre un idéal. Que celui-ci triomphe ou non après ma mort n'est cependant pas de mon ressort.

Le désespoir ne mène pas au quiétisme ni à la résignation. Il s'agit de pointer que la lucidité relativement à la condition humaine engendre le désespoir. Assez logiquement, ce serait au contraire l'assurance que l'avenir est prédéterminé qui engendrerait l'inaction. En effet, dans ce cas, quels que soient mes actes, si le futur est écrit, je n'ai pas à me soucier de leur résonnance. Dans l'occurrence où l'avenir est ouvert, incertain, toute action devient primordiale puisqu'elle peut modifier la signification de l'histoire. « Il n'est pas besoin d'espérer pour entreprendre » (p. 50) puisque c'est le fait même que l'homme entreprenne quelque chose qui déterminera le visage de demain.

Si l'existentialisme s'oppose au quiétisme, c'est précisément parce qu'il redonne à l'individu les clefs de son destin. La seule réalité est l'action : c'est elle qui informera le passé et lui donnera un sens. Aussi, en dépit de la noirceur qui se dégage des termes tels qu'« angoisse » et « désespoir », ceux-ci ne sont que l'état de l'homme lucide. Ils le conduisent à maîtriser son avenir dans la mesure où il prend conscience que personne ne peut le faire à sa place. En effet, « l'homme n'est rien d'autre que l'ensemble de ses actes » (p. 51), puisque son existence précède son essence. Le désespoir, c'est de savoir qu'il n'y a pas de refuge possible, que notre vie entière est en notre pouvoir. Nul ne peut se prévaloir de l'échec qu'est sa vie en l'imputant à des motifs extérieurs. Il n'y a, par exemple, de talent qu'actualisé. Sartre pour illustrer son propos utilise la figure de l'artiste. Nous nous accordons tous pour dire que n'est pas artiste l'homme qui n'a créé aucune œuvre, en dépit du talent qu'il alléguerait. Parler d'un potentiel non exploité n'a pas de sens puisque ce sont nos actions qui nous constituent. La réalité est le seul juge de la vie que nous avons menée : l'essence de l'homme n'est déterminée qu'au regard de ses actes passés.

## LE REJET DU DÉTERMINISME

Fort d'une philosophie de la liberté, Sartre refuse le déterminisme. Les lâches ne sont pas lâches parce qu'ils ont reçu héréditairement ou en vertu de leur environnement une telle caractérisation psychologique. Ils sont lâches par choix, et doivent en conséquence être tenus pour responsables de leur état. C'est par ses actes répétés qu'un homme se constitue comme lâche. Ni la biologie, ni la sociologie, ni la psychologie, ne peuvent être avancées pour le déresponsabiliser. Aussi, la vie que nous avons est, pour Sartre, la vie que nous avons choisie et, qu'à ce titre, nous méritons. On ne peut arguer d'une prédétermination pour se justifier.

Néanmoins, Sartre n'est pas fataliste et ne dit aucunement que nous ne pouvons pas changer. Chaque nouvelle action est susceptible de modifier la signification qu'aura notre existence. Il refuse simplement d'accréditer l'idée selon laquelle notre destin serait entre les mains de quelqu'un d'autre. Il est certes plus facile de penser, bien qu'il en aille d'un artifice de la mauvaise foi, que nos tempéraments et, surtout, les traits de nos caractères susceptibles d'apparaître comme méprisables ne sont pas de notre ressort. Or, Sartre affirme qu'ils le sont toujours, bien qu'ils soient modifiables. En effet, il est toujours en notre pouvoir de changer, et l'essence d'un homme n'est définie qu'à sa mort. L'essence n'étant totalement déterminée ni par le passé, ni par un principe transcendant, ni par des facteurs extérieurs, elle est à construire, entre nos mains. C'est la raison pour laquelle Sartre considère l'existentialisme comme une doctrine finalement optimiste et pleine d'espoir. Si l'homme est libre, il peut chaque jour décider d'agir et de s'engager de façon lucide et authentique. L'existentialisme offre une « morale d'action et d'engagement » (p. 56) à qui accepte de laisser ses illusions de côté.

## LA QUESTION DE LA SUBJECTIVITÉ

Sartre a expliqué que le choix de l'individu impliquait, d'une certaine manière, l'humanité entière. Cependant, il tient encore à souligner que le point de départ de sa théorie, dans le sujet, ne mène pas au subjectivisme. Il ne croit en effet pas que les valeurs et vérités ne sont que l'expression de l'état d'un sujet particulier. Partant de la certitude première exprimée par Descartes sous la forme du *cogito ergo sum* (« Je pense donc je suis »), il réaffirme néanmoins le primat de la conscience de soi du sujet pour fonder une philosophie. Lorsque Descartes, dans *Le Discours de la méthode* (1637), forge cette formule, c'est pour, après avoir remis en doute la totalité de la connaissance, obtenir un point de départ dont l'évidence est indiscutable. La seule chose indubitable est qu'il y a un sujet qui pense, et qui se pense comme sujet. Le « je pense donc je suis » est « la vérité absolue de la conscience s'atteignant elle-même » (p. 57), et c'est en tant que postulat philosophique premier que Sartre est amené à considérer une telle assertion comme seul point de départ possible pour établir des vérités.

Les marxistes reprochent à la notion de subjectivité d'enfermer l'individu à l'intérieur de lui-même et en déduisent que, si la philosophie sartrienne part d'un tel postulat, elle ne peut que mener à l'individualisme, voire au solipsisme, c'est-à-dire le fait que le sujet qui pense n'ait pour seule réalité que lui-même. C'est un fondement moral qui est attaqué encore une fois. Sartre y répond en opérant à nouveau un déplacement du débat sur un plan philosophique et explique en conséquence que la subjectivité n'est que la première vérité à laquelle nous atteignons, sur laquelle nous pouvons nous appuyer pour en établir d'autres avec certitude. Une philosophie qui, telle que le matérialisme marxiste, ferait l'impasse sur la subjectivité a, en revanche, pour conséquence de concevoir l'être humain comme un objet et non plus comme un sujet. C'est la raison pour laquelle la notion de subjectivité donne à l'homme sa dignité puisqu'il est seul à se reconnaître comme sujet pensant, et de là, peut affirmer sa liberté. Par la subjectivité, l'homme se distingue du régime des choses qui sont déterminées. La distinction radicale entre l'être pensant et la matière est primordiale pour accéder à une conception de la dignité humaine.

Néanmoins, Sartre s'éloigne du *cogito* de Descartes dans la mesure où il précise que, loin d'exclure le reste de l'humanité, le fait que le sujet soit capable d'avoir conscience de lui entraîne *ipso facto* qu'il ait conscience des autres. La subjectivité est immédiatement intersubjectivité. « La découverte de mon intimité me découvre en même temps l'autre » (p. 59) puisque c'est par son regard qu'il m'apprend mon existence. Au moment où je me connais comme sujet pensant, le regard d'autrui, « médiateur indispensable entre moi et moi-même » (SARTRE (Jean-Paul), *L'Être et le Néant*, Paris, Gallimard, 1976, p. 327), me permet de me connaître comme sujet existant pour l'autre. Son regard m'objective et me donne ainsi la possibilité de me concevoir avec des déterminations. L'on est « méchant », « spirituel », ou « jaloux » (p. 59) que dans la mesure où un sujet nous considère comme disposant de ces qualités. Le fait qu'autrui puisse m'objectiver, rend par ailleurs sa présence parfois lourde, et c'est de cette manière que l'assertion de *Huis clos*, selon laquelle « L'enfer, c'est les autres », doit être entendue. Le jugement d'autrui me permet de me connaître et l'importance que son existence revêt dans l'accès que j'ai à moi-même donne à chacune des qualités qu'il me confère un caractère éminemment important. Autrui me renvoie à la responsabilité que j'ai d'être ce que je suis.

Cependant, dans *L'existentialisme est un humanisme*, Sartre ne rentre pas dans les détails de ce qu'induisent les rapports humains, avec leur lot de conflits. Il n'explique pas non plus, puisque ce n'est pas ici le lieu de rentrer dans des digressions qui le détourneraient de sa démonstration, que sa conception de la subjectivité comme intersubjectivité est un héritage de la philosophie d'Husserl qui affirme que « toute conscience est conscience de quelque chose » (HUSSERL (Edmund), *Médiations cartésiennes*, Paris, Librairie philosophique Vrin, 2000, p. 167). Il se contente uniquement d'affirmer que, loin de mener à l'individualisme, la subjectivité implique toujours autrui.

## UNE DISTINCTION FONDAMENTALE : CONDITION HUMAINE ET NATURE HUMAINE

L'existence d'autrui est par ailleurs impliquée dans la manière dont le sujet se projette dans le monde, non pas parce qu'il y aurait une nature humaine, ce que Sartre réfute avec les théories essentialistes, mais en raison d'une « universalité humaine de condition » (p. 59). Même si l'homme est totalement indéterminé, des constantes demeurent. Pour évoquer lesdites constantes, qui sont les structures mêmes dans lesquelles l'homme va prendre place, Sartre utilise le terme « condition » qui a l'avantage de ne pas renvoyer à une essence. Par « condition », il entend ce qui va limiter *a priori* la situation de l'homme dans le monde. En effet, en dépit de la contingence de l'existence d'un homme, celui-ci ne peut pas faire abstraction du fait d'avoir un corps, d'être mortel, de naître dans une situation historique donnée, de vivre au milieu d'autres individus... En aucune manière, ces limites ne contreviennent à la liberté humaine. Elles sont simplement le décor nécessaire dans lequel la liberté s'exerce. La situation dans laquelle nous sommes est donnée, et ne peut être changée, mais l'homme continue à se définir librement au sein de ces limites.

Bien que, jusqu'à présent, Sartre n'ait évoqué l'homme que relativement au concept de liberté, il s'efforce ici de montrer que cela ne signifie aucunement que l'homme a un pouvoir illimité sur son environnement. Ce dernier va en effet configurer les modalités sous lesquelles il peut exister. Cependant, les limites liées à la condition humaine ne sont pas un obstacle à la liberté puisque c'est précisément dans la manière dont l'homme s'accommode de ces faits donnés, la manière dont il les comprend, qu'il l'exerce. Le fait de savoir que nous allons mourir n'entraîne pas de compréhension univoque de la manière dont l'homme doit vivre. Une fois que nous avons pris connaissance de notre finitude, plusieurs options sont possibles : y voir une malchance, accepter sereinement le caractère éphémère de la vie, se livrer aux plaisirs, considérer la mort comme un passage nécessaire vers la vie éternelle. L'interprétation de la condition humaine est individuelle et fait l'objet d'un choix. Décider que la mort ne doit rien m'être est une manière de former un projet quant à l'avenir. Cela informe la façon dont un sujet se conduit. Au même titre, nous vivons au milieu d'autres individus ; il en va encore d'un choix individuel de les traiter avec égard, défiance ou sympathie. Il est impossible de les exclure de notre condition, mais la liberté du sujet lui permet de décider de la manière dont il se comportera face à ces invariants.

Aussi, le fait que nous ayons tous en partage cette condition rend compréhensible, selon Sartre, les projets de chacun. Autrui ne peut m'être totalement étranger. Quand bien même son existence ne charrierait pas les mêmes valeurs que la mienne, quand bien même je serais en désaccord avec les projets qu'il forme, je n'en demeure pas moins conscient que la cause de leur existence se trouve dans la tentative qu'ils représentent de dépasser ou de jouer avec la configuration de la condition humaine. Si les projets d'autrui sont particuliers, ils ont néanmoins un caractère universel : leur fonction est toujours de s'accommoder d'une condition commune. « Il y a universalité de tout projet en ce sens que tout projet est compréhensible pour tout homme » (p. 61), déclare Sartre, c'est-à-dire que nous pouvons saisir ce qui motive un projet. C'est en vertu de limites partagées par tous que se fondent les projets humains. Aussi, il ne tient qu'à moi de le comprendre, pourvu que je détienne les informations suffisantes sur la personne qui le forme.

L'universalité de compréhension des projets d'autrui n'est encore une fois pas donnée, mais « perpétuellement construite » (p. 61). Il faut en effet faire un effort pour comprendre et reconnaître autrui comme m'étant proche, non pas nécessairement dans les choix qu'il opère et les valeurs qu'il soutient, mais dans le fait qu'il ait à se projeter dans des choix et à adhérer à des valeurs. Il en va d'une décision du sujet de ne pas rester muré en lui-même et d'aller vers l'autre pour le comprendre. Si un tel effort est réalisé, quel que soit l'éloignement géographique, spirituel ou générationnel d'autrui, je suis apte à saisir les motifs qui l'animent. Il y a par ailleurs une richesse à se décentrer pour rencontrer celui qui ne pense pas de la même manière que moi. Cela me montre qu'il est possible de répondre différemment à des questions qui sont cependant le lot de chaque être humain.

Chaque projet réalise une potentialité de ce que signifie être humain, et c'est en ce sens que je suis susceptible de le comprendre, en dépit des objections que je peux par ailleurs y apporter. Ce qu'il y a d'universel dans la condition humaine, c'est le fait que nous soyons contraints de nous dépasser, de nous projeter vers autre chose que nous-mêmes. Il est impossible pour l'être humain de se reposer simplement en lui. Aussi, quel que soit le but à atteindre, l'homme tend à se réaliser.

## LA QUESTION DU RELATIVISME MORAL

Une critique encore adressée à Sartre consiste à affirmer que l'existentialisme mène au relativisme moral, c'est-à-dire qu'il serait impossible d'établir, à partir de sa philosophie, une hiérarchie de valeurs. En effet, si la signification des actions et de la vie de l'homme n'est créée qu'*a posteriori* et qu'il invente et crée lui-même des valeurs, rien n'indique qu'elles ne s'équivalent pas. Le bien ni le mal ne préexistant à l'action qui confère un sens, il semble alors impossible de juger des actes d'autrui et des siens propres.

Sartre tente évidemment de réfuter cet argument, dans la mesure où il cherche à prouver que l'existentialisme ne mène pas à l'anarchie éthique. Si Dieu n'existe pas, et qu'aucun fondement transcendant n'est susceptible de guider l'action humaine, il paraît en effet qu'il soit possible de « faire n'importe quoi » et que tout soit « gratuit » (p. 63). Dans la mesure où il a longuement expliqué que chacun des choix des individus charriait avec lui une lourde responsabilité, dire que nous pouvons choisir n'importe quoi n'est, selon lui, pas une objection sérieuse. Nous réalisons un choix effectif, et non n'importe quoi, si nous agissons authentiquement : choisir le hasard, choisir de ne rien faire ou choisir d'agir n'importe comment sont autant de choix qui engagent lourdement la responsabilité de celui qui les fait. À partir du moment où le sujet a conscience de la gravité fondamentale de chacun de ses actes, le caprice n'est plus de mise. Sartre réaffirme que nos choix engagent l'humanité, à chaque instant, et qu'à ce titre les fantaisies d'un individu sont, quoi qu'il en dise, lourdes de conséquences. Refuser de considérer la responsabilité infinie qui nous incombe, c'est faire preuve de mauvaise foi.

## Acte libre *versus* acte gratuit

En outre, il y a une différence, et de taille, entre un acte libre et un acte gratuit. Le second a été illustré par André Gide (écrivain français, 1869-1951), dans *Les Caves du Vatican*, où le protagoniste, Lafcadio, décide, sans motif apparent, de jeter dans le vide un vieil homme qui partage son train. L'acte gratuit ressemble à l'exercice suprême de la liberté, puisque rien ne le motive : le héros n'avait ici aucune animosité particulière envers le vieillard. Il cherchait simplement à se prouver qu'il pouvait agir sans motif. Or, Gide lui-même tend à voir dans la volonté de prouver qu'il existe des actes gratuits un motif, qui justifie déjà l'action et lui enlève de sa gratuité.

Sartre se place sur un plan légèrement différent pour écarter la question de l'acte gratuit. Il déclare d'abord que chacun de nos choix engage l'humanité, ce à quoi on pourrait lui rétorquer qu'il en va encore d'une morale trop abstraite. En effet, elle n'est pas sans rappeler un autre impératif catégorique kantien qui se présente comme suit : « Agis selon une maxime telle que tu puisses voir en même temps qu'elle devienne une loi universelle. » (KANT (Emmanuel), *Fondements de la métaphysique des mœurs*, Paris, Le Livre de Poche, 1993, p. 156) Or, Sartre cherche à fonder une morale concrète, une morale de l'action. C'est pourquoi il précise à nouveau que l'homme est en situation. Cette situation a un rôle déterminant, puisque des facteurs familiaux ou sociaux influent sur l'individu. Mais elle ne détermine pas pour autant l'acte. La situation ne m'enferme pas puisque je suis toujours amené à déterminer mon acte en fonction de quelque chose que je juge devoir faire office de loi universelle. Néanmoins, la valeur de mon acte est fonction de la situation dans laquelle je me trouve et n'a pas le même sens en fonction d'elle.

L'acte libre, à l'inverse de l'acte gratuit, n'est pas sans raison. Les motifs de l'action sont relatifs aux normes que l'individu s'est donné à lui-même, en vertu de la situation dans laquelle il se trouve et de la liberté fondamentale qu'il exerce dans sa manière d'être pour lui-même un projet.

Pour expliquer qu'en dépit de l'absence de règles *a priori* de l'action, celle-ci n'est ni gratuite, ni immorale, Sartre opère une comparaison entre l'acte de l'homme et la création d'une œuvre d'art. Lorsqu'un artiste crée une œuvre d'art, il ne viendrait à l'esprit de personne de lui reprocher de ne pas s'appuyer sur des règles établies *a priori*, d'autant plus quand l'originalité de la création est un critère pour juger de sa qualité. L'artiste crée à chaque instant les règles qui le guident dans la réalisation de son tableau, de sa sculpture ou de sa musique, raison pour laquelle il sera à même de proposer une œuvre singulière. Les valeurs qui ont été à la base de l'œuvre seront perçues une fois celle-ci achevée : nous y saisirons la relation qu'entretiennent « la volonté de création et le résultat » (p. 65) après coup. La création n'est pas gratuite, ni arbitraire : elle obéit à un ordonnancement fixé par le sujet créateur.

Au même titre le choix moral instaure des valeurs en engageant totalement le sujet. Que ces valeurs ne soient pas prédéterminées n'implique pas qu'elles soient gratuites ou arbitraires puisque cela signifierait qu'en même temps qu'il agit, l'individu n'adhère pas à son action, qu'il en est détaché à l'instant où il la commet. Une telle chose est impossible ou relève de la mauvaise foi. Le choix moral, loin d'être frivole, est toujours lourd de sens : il s'inscrit dans une existence dont l'essence sera tributaire de décisions antérieures.

Chaque situation appelle à la création de valeurs ou d'une morale, comme celle de l'élève, qui a dû choisir entre sa mère et sa patrie. Le choix du sujet n'est pas gratuit et la morale se fait en fonction de la « pression des circonstances qui est telle qu'il ne peut pas ne pas choisir » (p. 66).

## Le jugement

Chacun se constitue une morale en fonction de la pression des circonstances. Or, on peut dire qu'il est impossible de juger de la validité d'une morale ou d'une autre, si aucun principe autre que le sujet particulier ne préside à leur existence. Les projets des individus et la morale qu'ils véhiculent paraissent équivalents. Ni bien ni mal n'existent antérieurement aux actions humaines d'après Sartre. En conséquence, il semble impossible de juger les autres de l'extérieur. Nul critère universel ne permet de porter un jugement.

Afin de répondre au reproche d'immoralisme de sa théorie, Sartre explique que c'est lorsqu'ils sont choisis par mauvaise foi que des actes peuvent être jugés immoraux. À partir du moment où le sujet agit authentiquement, c'est-à-dire en ayant conscience de sa condition, de sa liberté, du poids qui pèse sur ses actions, il choisit dans la vérité. À l'inverse, la mauvaise foi consiste à se trouver des excuses qui excluent la liberté humaine en faisant appel, notamment, au déterminisme, pour se dédouaner. Un jugement moral peut par conséquent être établi relativement à la mauvaise foi mensongère puisqu'elle véhicule l'idée que l'homme ne serait pas libre. Aussi, c'est la conscience qu'a le sujet de la liberté humaine qui devient le critère fondamental pour juger de la valeur des actes des hommes. L'homme authentique ne peut que vouloir la liberté, et s'il la veut pour lui, il la veut nécessairement pour les autres. Certes, conçue dans cette perspective, la liberté paraît abstraite. Mais l'authenticité d'une action consiste précisément à avoir à l'esprit, dans le règne du concret et des circonstances particulières de son émergence, l'horizon de la liberté humaine. Le fait de reconnaître ma liberté entraîne *ipso facto* le fait de reconnaître celle d'autrui.

## Lâches et salauds

Deux figures émergent alors, toutes deux symptomatiques d'une forme de négation de la liberté. La première est celle du lâche. La lâcheté correspond à l'attitude de l'homme qui se réfugie derrière de faux prétextes et des principes irrationnels pour justifier ses choix. Il nie la liberté absolue de l'homme pour lui préférer un obscur déterminisme lui permettant de ne pas rendre compte de ses actions. C'est en dehors de lui-même qu'il cherche le principe de sa conduite pour ne pas avoir à l'assumer.

Les salauds, quant à eux, décident de considérer que leur existence n'est non pas contingente, mais nécessaire. Ils font du hasard de celle-ci une loi et s'en prévalent pour agir sans se remettre en question. Au lieu de justifier leur existence par leurs actions, ils justifient leurs actions par leur existence.

Les deux agissent immoralement et de manière inauthentique. L'un refuse la liberté, l'autre la contingence.

## La liberté : critère de la morale

Le point central de la philosophie existentialiste est le concept de liberté, et c'est encore elle qui constitue la raison pour laquelle il est possible de juger un acte moral ou immoral. Se connaître infiniment libre, c'est agir authentiquement et, partant, moralement puisqu'en accord avec ce que l'on connaît de la condition humaine. « Deux morales strictement opposées » peuvent être « équivalentes » (p. 72), du moment qu'elles font l'objet d'un choix rationnel issu de la conscience du sujet de sa liberté et de la gratuité de son existence.

C'est ainsi que Sartre prend l'exemple de deux romans. Dans l'un, une jeune fille décide de sacrifier son amour à l'idée qu'elle se fait de la solidarité humaine. Dans l'autre, l'amour étant considéré comme ce qui rend l'homme digne de vivre, c'est le bonheur de la jeune fille qui prime sur celui de la promise de son amant. Si un choix est dicté par la raison, l'autre par la passion, ils n'en demeurent pas moins qu'ils sont tous deux faits librement. Il est en effet possible de choisir la passion, d'en faire une valeur que l'on investit de sens. Cela est tout à fait différent que d'alléguer la passion pour se dédouaner d'un acte commis. Tant que le choix est fait en assumant la liberté de l'homme, il est authentique et ne peut être blâmable. « On peut tout choisir si c'est sur le plan de l'engagement libre » (p. 73), ce qui n'implique pas que les valeurs ainsi établies soient frivoles : l'homme les invente. Cette tâche est suffisamment écrasante pour ne pas pouvoir être taxée de légèreté morale.

## UNE PHILOSOPHIE EMPREINTE D'HUMANISME

Après avoir éclairci les malentendus et réfuté les critiques qui lui étaient adressées, Sartre peut maintenant conclure que l'existentialisme est véritablement un humanisme. Pour ce faire, il distingue deux types d'humanismes : l'humanisme en sa conception classique, hérité de la Renaissance, et l'humanisme existentialiste.

L'humanisme dans son acception classique a le tort de conférer à l'être humain une dignité et une valeur en soi, de le prendre « comme fin et valeur supérieure » (p. 74). Le fait d'être homme entraînerait immédiatement le fait d'être digne et respectable. Derrière une telle idée, on note aussitôt le crédit accordé aux théories essentialistes, qui confèrent à chacun une valeur en dehors de ses actes et *a priori*, mais également les relents d'une vision théologique du monde. Sartre pointe les problèmes émergeant derrière ce culte voué à l'humanité, pour elle-même, et sans souci de ce qui la détermine dans son existence. D'une part, dans la mesure où chaque homme partage la même humanité, il serait ainsi possible de se prévaloir des actions les plus louables de certains hommes pour se définir. D'autre part, l'adoration de l'humanité peut conduire à de dangereuses dérives fascistes, en dés-humanisant certains de ses représentants pour en diviniser d'autres. N'oublions pas, à ce titre, que Sartre prononce sa conférence en 1946.

Un autre humanisme est possible pour Sartre, un humanisme exis-tentialiste, qui ne prend pas l'homme pour fin, puisque celui-ci est perpétuellement en train de se faire. Il affirme à nouveau que l'homme est un projet et ne peut, à ce titre, être conçu *a priori*. Les valeurs qu'il porte ne sont donc pas issues de Dieu, ni d'un principe transcen-dant, mais toujours en construction. Cherchant constamment à se dépasser, à aller au-delà de lui-même, l'homme crée à chaque instant une image de l'humanité. C'est parce que son monde est humain, qu'il n'y a pas d'au-delà ou d'en deçà de l'univers, que Sartre appelle sa philosophie humaniste. L'homme crée sans cesse son monde, et légifère à son sujet. L'inquiétude et l'incertitude sont certes au fondement de son existence, puisque l'homme est délaissé et seul à choisir, mais c'est précisément pour cela qu'il cherche à se réaliser, à instaurer un environnement dans lequel il puisse librement exister.

Sartre pense avoir démontré que l'existentialisme n'est que la consé-quence d'une attitude authentique face à l'existence. S'il part de l'angoisse, du désespoir et du délaissement, il donne aussi à l'homme les clefs pour devenir maître de son destin et le replace au cœur du débat. Les reproches qu'on lui fait sont en conséquence infondés, et l'existentialisme athée devient une philosophie nécessaire au vu de la confusion qui règne après-guerre. L'absence de repères qui en résulte répond à l'absence de repères qui est la condition de tout être humain. Que Dieu existe ou non ne change rien pour Sartre : « Il faut que l'homme se retrouve lui-même et se persuade que rien ne peut le sauver de lui-même. » (p. 76) À défaut de pouvoir croire en Dieu, il faut du moins essayer de croire en l'homme.

# LA RÉCEPTION DE *L'EXISTENTIALISME EST UN HUMANISME*

## UNE JUSTIFICATION AUX RÉSULTATS MITIGÉS

La conférence de Sartre avait pour fonction de lever ce qu'il considérait comme des malentendus sur sa philosophie, auprès des chrétiens, mais surtout des marxistes desquels il tenait à se rapprocher. Or, force est de constater que, de ce point de vue, c'est un véritable échec. La discussion, restituée dans l'édition à laquelle nous nous référons, montre bien que les marxistes n'ont d'une part, pas été convaincus, mais qu'en plus, ils continuent à situer le débat sur le plan moral et non pas philosophique. Pierre Naville (1904-1993), membre du parti communiste puis trotskiste, déclare en effet : « Je laisse de côté toutes les questions spéciales qui ont trait à la technique philosophique » (p. 87) pour insister sur un des points reprochés au préalable à Sartre, à savoir, que sa philosophie ne mène pas à l'action. Les positions des deux camps, suite à cette prise de parole, restent globalement inchangées. Elsa Triolet (1896-1970), femme de lettres communiste dira également : « Vous êtes un philosophe, donc antimarxiste. » (cité par *Elkaïm-Sartre* (Arlette), « Préface », in *L'existentialisme est un humanisme*)

Selon certains, Sartre proposerait une philosophie bourgeoise et attentiste d'intellectuel. Jean Kanapa (1921-1978), intellectuel et dirigeant du parti communiste, ira jusqu'à publier un texte intitulé *L'existentialisme n'est pas un humanisme* en 1948, pour souligner son désaccord. Un autre ouvrage, de Georg Lukacs (1885-1971), un philosophe marxiste, traduit en 1948 en français a pour titre original *Existentialisme ou Marxisme*. La conjonction de coordination « ou » montre à quel point, pour l'auteur, les deux philosophies paraissent antithétiques. Cela n'empêchera néanmoins pas Sartre de continuer à affirmer sa proximité avec les marxistes. Son engagement politique n'a pas été entamé par ces différentes critiques.

En dépit de sa tentative de vulgarisation, aucun des camps ne fut convaincu. Qui plus est, Sartre lui-même finit par regretter d'avoir ainsi caricaturé ses théories d'autant plus que tant la conférence que sa publication lui ont valu un accroissement de célébrité, qui en l'état, n'était pas pour lui plaire. N'oublions pas qu'il ne s'agit que d'un résumé destiné à être compréhensible pour un large public. Le texte n'en demeure pas moins une utile introduction à la pensée sartrienne. L'écueil auquel a cependant été confronté l'auteur est que beaucoup ont alors semblé croire qu'il suffisait d'avoir lu ce court ouvrage pour comprendre *in extenso* sa philosophie, pourtant développée avec beaucoup plus de finesse dans *L'Être et le Néant*.

## DES PHILOSOPHES TOUT AUSSI CRITIQUES

Du point de vue des philosophes, l'accueil immédiat n'a guère été plus chaleureux. Martin Heidegger, auquel Sartre emprunte de nombreux concepts, rédige en 1946 une *Lettre sur l'humanisme*, dans laquelle il tourne en dérision la conception que Sartre se fait du *Dasein* et tient à expliquer qu'il n'accrédite pas les théories de l'humanisme existentialiste. En effet, pour lui, l'existence est un mode d'être du *Dasein*. Il considère donc que Sartre a méconnu la signification de son ouvrage majeur, *Être et Temps* (1927), et qu'il demeure dans *L'existentialisme est un humanisme* des reliquats d'essentialisme. D'autre part, comme l'explique Alain Renaut (philosophe français, né en 1948), « Heidegger [...] conclut à la résorption pure et simple de l'existentialisme dans l'humanisme le plus traditionnel et dans la philosophie de la conscience dont cet humanisme est solidaire » (RENAUT (Alain), sous la direction de QUILLIEN (Jean), *La réception de la philosophie allemande en France aux XIX<sup>e</sup> et XX<sup>e</sup> siècles*,

Villeneuve-d'Ascq, Presses universitaires du Septentrion, 1994, p. 253). Il faut dire que la cause de l'ironie d'Heidegger repose davantage sur un désaccord philosophique que sur une incompréhension de Sartre des textes heideggériens. Ce dernier choisit en effet de partir du sujet, tandis qu'Heidegger prend pour point de départ le *Dasein*. Aussi y a-t-il sans doute une forme d'injustice dans les propos du dernier.

Depuis les années soixante et la popularité de la philosophie structuraliste, représentée par des auteurs tels que Lacan (1901-1981) pour la psychanalyse, Lévi-Strauss (1908-2009) pour l'anthropologie, ou encore Althusser (1918-1990) et Foucault (1926-2984) pour le versant philosophique, Sartre a été plutôt éclipsé. Peu considéré dans la philosophie française, il est assez souvent jugé comme dépassé bien qu'il ait marqué son siècle et que de nombreuses analyses contemporaines puissent encore se ressentir d'un héritage, sinon spirituel, du moins conceptuel, des théories sartriennes. Un ouvrage relativement récent d'Alain Renaut daté de 1993 et intitulé *Sartre, le dernier philosophe*, publié chez Grasset, a le mérite de lui redonner ses lettres de noblesse. S'il n'a pas pour vocation de réhabiliter entièrement la philosophie sartrienne, et continue à déclarer qu'elle relève plus de l'individualisme que de l'humanisme, l'auteur admet du moins que Sartre présente un intérêt majeur dans la mesure où il a compris que la pensée contemporaine n'était plus tant une réflexion sur la vérité qu'une pensée sur le sens.

Le discrédit jeté sur Sartre est parfois entremêlé de questions sans rapport avec sa philosophie. C'est souvent l'homme public qui est déconsidéré, avec ses positions politiques. La citation selon laquelle « l'existence précède l'essence » a tout de même frappé les esprits de même que les questions soulevées relativement à une morale de l'action. Qui plus est, la théorisation de l'écrivain et de l'artiste engagés est passée à la postérité et a encore une incidence majeure sur la manière dont nous pensons le monde de l'art. Aussi, *L'existentialisme est un humanisme*, en dépit de ses faiblesses et des objections théoriques qu'on pourrait lui opposer, demeure une introduction enthousiasmante à l'existentialisme, mais également à la philosophie. Certes caricatural, il a le mérite de poser clairement, distinctement et avec force illustrations des questions sur la place de l'être humain, sa responsabilité et la manière dont il est toujours générateur d'un sens.

*Votre avis nous intéresse !*

*Laissez un commentaire sur le site de votre libraire en ligne
et partagez vos coups de cœur sur les réseaux sociaux !*

# POUR ALLER PLUS LOIN

## SOURCES BIBLIOGRAPHIQUES


- BILEMDJIAN (Sophie), *Premières leçons sur* L'existentialisme est un humanisme *de Jean-Paul Sartre*, Paris, PUF, 2000.
- DOSTOÏEVSKI (Fedor Mikhaïlovitch), *Les Frères Karamazov*, Paris, Gallimard, 1994.
- HUSSERL (Edmund), *Méditations cartésiennes*, Paris, Librairie philosophique Vrin, 2000.
- KANT (Emmanuel), *Fondement de la métaphysique des mœurs*, Paris, Le Livre de Poche, 1993.
- RENAULT (Alain), *Sartre, le dernier philosophe*, Paris, Grasset, 1993.
- RENAUT (Alain), sous la direction de QUILLIEN (Jean), *La réception de la philosophie allemande en France aux XIX$^e$ et XX$^e$ siècles*, Villeneuve-d'Ascq, Presses universitaires du Septentrion, 1994.
- SARTRE (Jean-Paul), *L'Être et le Néant*, Paris, Gallimard, coll. « Tel », 1976.
- SARTRE (Jean-Paul), *L'existentialisme est un humanisme*, Paris, Gallimard, coll. « Folio essais », 1996.
- SARTRE (Jean-Paul), *La Nausée*, Paris, Gallimard, 1972.
- SARTRE (Jean-Paul), *Les Mots*, Paris, Gallimard, 1972.
- SARTRE (Jean-Paul), *Lettres au Castor et à quelques autres. 1940-1963*, Paris, Gallimard, 1983.
- VIAN (Boris), *L'Écume des jours*, Paris, Pauvert, 1963.


## SOURCES ICONOGRAPHIQUES

- Portrait de Jean-Paul Sartre à Paris, 1946. La photo reproduite est réputée libre de droits.
- Jean-Paul Sartre et Simone de Beauvoir durant leur voyage en Israël, 1967. La photo reproduite est réputée libre de droits.

Découvrez
nos autres analyses sur
www.profil-litteraire.fr
Analyse d'œuvre
Si c'est
un homme
de Primo Levi
Profil
Littéraire

Profil
Littéraire

Éditeur responsable : Lemaitre Publishing
Avenue de la Couronne 382 | B-1050 Bruxelles
info@lemaitre-editions.com

ISBN ebook : 978-2-8062-6865-5
ISBN papier : 978-2-8062-6866-2
Dépôt légal : D/2016/12603/97